Heart《＊ハート＊》

上野 智香子

文芸社

この心、聞こえますか？
あなたに、届きますように。

「へっくしょん！」

ふわりと吹いた風に鼻先をつつかれて、大介は大きなくしゃみを一つした。

「……風邪、か？」

鼻をすすりながら、大介はぽつりと呟《つぶや》いた。

今日は十二月二十四日、クリスマスイヴ。

ホワイトクリスマスは期待できないなぁ、と肩を落とすほどに良く晴れたこの日、大介は大きな袋を三つ抱えて、長い坂道を上っていた。

郊外にあるこの場所は、人家も店もなくとても静かで、今は大介の荒い息遣いしか聞こえなかった。

「はぁー……やっと着いたよ……」

やっとの思いで辿り着いた先は、高台に建つ教会だった。つたに覆われ少々不気味な雰囲気を感じるものの、大きな時計塔とその上に立つ十字架、そしてたくさんの電灯を身につけてすっかりクリスマスカラーに染まった庭の大きな樹が、優しい雰囲気をかもし出していた。

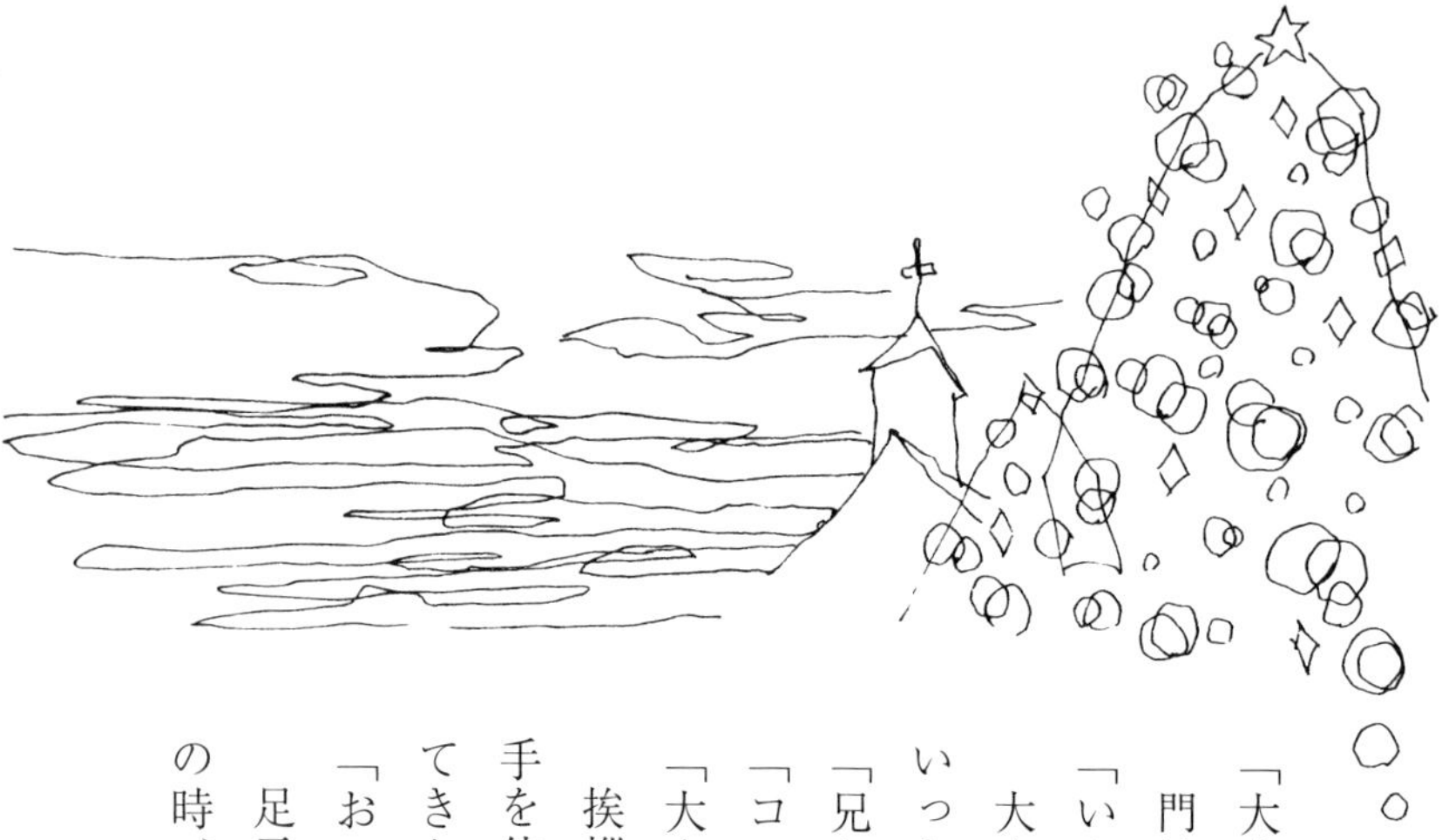

「大介兄ちゃん！」

門越しに声をかけられた大介は、笑顔でその声に答えた。

「いよぉ、みんな元気だったか？」

大介が中へ入ると、すぐに子供たちは大介に飛びかかっていった。

「兄ちゃん！」

「コレなんだ？」

「大介兄ちゃーん」

挨拶もそこそこに、子供たちはみな、大介が持ってきた袋に手を伸ばしてくる。どうやら〝大介〟ではなく、〝大介が持ってきた三つの袋〟の方に興味があるらしい。

「おい！　こら待てって！　あっ」

足元に飛びつかれて、大介がバランスを崩しそうになったその時、

「大丈夫ですか？　徳森さん」

大介は温かい手に助けられた。

「はい、ありがとうございます。シスター」

シスターの身体にもたれたまま礼を言うと、大介はすぐに身体を戻し、改めて挨拶を交わした。

「お久しぶりです。お元気そうで何よりです」

すると、シスターは温かい笑顔を向けて答えてくれた。

「はい。あなたもね」

久しぶりに逢うシスターは、相変わらず優しい笑顔だった。

「一年とは、早いものですね」

シスターは笑顔を深めて、教会の前にある森を見つめた。大介も森を見つめて、シスターに視線を移した。

「これから、行ってこようかと。……イテッ！」

シスターはふふふっと笑うと、大介から袋を預かり、大介

に絡みついている子供たちを連れて、建物の中へと入っていった。そんな中、赤いパーカーの少年が立ち止まり、大介に声をかけた。

「大介兄ちゃん」

「んー？　どうした岳人《たけと》」

「柊子《しゅうこ》姉ちゃんのところに行くんだろ。俺も行く」

「おぉ、行くか」

そう言うと、大介と岳人は教会をあとにした。


教会の前には、うっそうと生い茂った森がある。

都会では森を切り開き建物が立ち並んでいるのに、この場所は近代化を免れて遠い昔の姿を残していた。その森を歩いていくと、樹々の間隔が段々と広くなり、目の前に広い野原が見えてくる。そこの中心には、柊《ひいらぎ》の樹が一本だけ立っていた。

二人は静かに柊に近寄り、岳人は右手で幹に触れ、大介は左手で枝を掴《つか》んだ。

それから二人は、何も言わずに冬晴れの空を見上げた。

「柊子姉ちゃん……」

ふと、岳人がぽつりと呟いた。

「今頃、何してるのかな……」

「さぁなぁ……」

大介も、ぽつりと呟いた。


大介には、どうしても忘れられない記憶があるという。柊子と出逢ってからの日々は全て忘れられない記憶だけれど、あの時の、柊子がたった一度だけ見せた表情が忘れられないという。

大介が柊子と出逢ったのは、二年前の十一月だった。

*

あの日も、いつもの帰り道、のはずだった。

「絶対、十一月じゃない」

十二月の寒さを感じさせるほどに冷え込んだ夜、当時大学三年生だった大介はバイトの帰り道だった。

マフラーで口を覆い、両手をコートのポケットにつっこんで駅へと歩く中、大介は考え事をしていた。

『お前、卒業後はどうするんだ』

『うるせぇな』

連日に及ぶ、両親とのいざこざ。

「……帰りたくねぇー……」

雑踏の中、大介の足取りは一気に重くなった。

「はぁー……」

大きな溜息をついた時、大介の耳にかすかな声が届いた。

「ん？　なんだ」

大介はその場に立ち止まって、その声を確認しようと試みた。息を止めて、静かに耳をそばだてていると、やはり聞こえてくる。大介がその声に引っ張られていくと、広場で唄うたくさんの人の中で、アカペラで唄う一人の女性を見つけた。

彼女はギターを傍らに置き、一人で気持ち良さそうに唄っていた。彼女の声は夜空に柔らかく響き、自分の身体に真っ直ぐに伝わってくる。

……大介は心を強く掴まれた気分になった。大介は時間が過ぎるのも忘れ、し

ばらく彼女の歌に聞き入っていた。

何曲か唄い終わった頃、彼女はギターを抱えて大介に声をかけてきた。

「そんなに気に入った？」

大介は我に返って、

「へっ?! あっ、うん」

慌てたせいか、声が裏返ってしまった。彼女はくすっと鼻で笑うと、大介に近づいてきた。

「私はハート。いつもこの辺で唄っているから」

「俺、大介。また来るよ」

「またね、大介」

左手で手を振って、ハートと名乗る彼女は立ち去っていった。

その日から、毎晩のように大

介は彼女の元へと通うようになった。そして、彼女の歌を聴くことが大介の日課のようになっていた。彼女もまた、大介が来ることが嬉しいようで、大介が来るたびに、いつも大介の好きな曲を唄い、いつにも増して集中して唄っているようだった。

こうして二人は仲良くなり、昼間も逢うようになった。けれど、ハートはいつまで経っても、自分の素性を明かしてはくれなかった。

そんなある日。

大学の帰り、偶然、駅でハートを見かけた大介は彼女に声をかけようとした。

「あっ……」

「おっ、す……え？」

大介は思わず言葉を飲み込んでしまった。

「妹……？」

両手に大きな荷物を抱えた彼女の隣に、七歳くらいの女の子を二人見つけたのである。

「妹にしては……似てないよな……」

親しげに話す姿から、初めは妹かと思ったが、顔が似ていない……。大介は後ろめたい気持ちを持ちながらも、三人のあとを追うことにした。

駅を離れて商店街を抜け、どんどんと歩いていくと人家も少なく、とても静かな場所に辿り着いた。

「ふぅー……一体、何処《どこ》まで行くんだ……」

ここまで三十分は歩いている。けれど、まだ到着の気配はない。日頃、運動不足の大介だが、知りたがりの虫には勝てず、三人のあとをついていった。

「今度は坂道かよ……」

ぶつぶつ言いながらも、大介は長い坂道を三人にばれないようについていった。

しかし、坂を上りきる前に三人を見失ってしまった。

「どうしよう……」

大介は慌てて辺りを見回した。この辺は初めてくる場所で、ここから駅へ戻る

道がわからない。

「参ったな……」

途方にくれていると、大介は聞き覚えのある声を聞き取った。大介がその声のする方へ行くと、そこは教会だった。

「あっ！　ハート！」

大介は子供たちと遊んでいる彼女を見つけて、思わず声をあげてしまった。

「どうぞ」

「どうも……」

大介は、コーヒーを申し訳なさそ

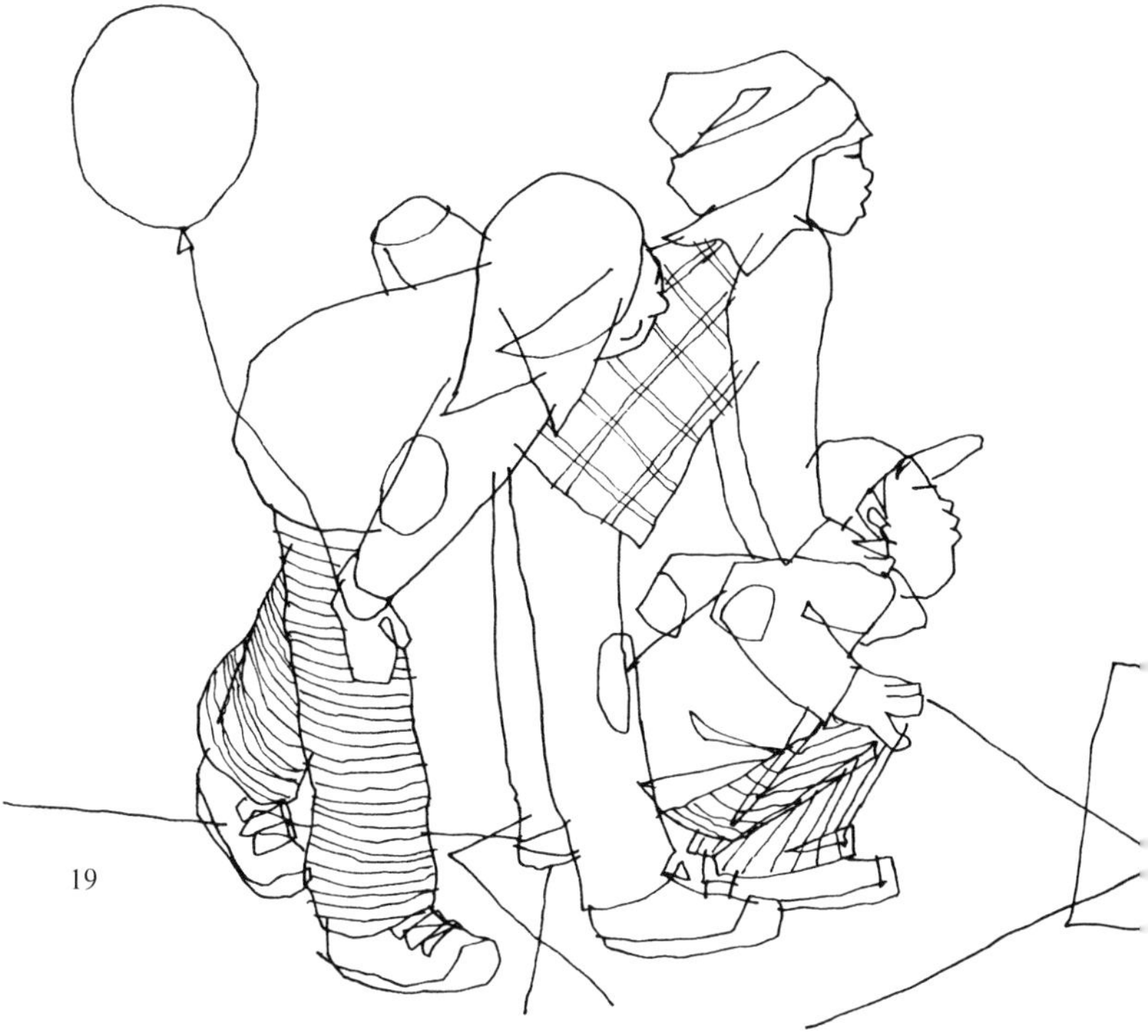

うにずずっとすすった。隣では、ハートがギロッと睨《にら》んでいる。ドア付近では、子供たちが固唾《かたず》を呑んでじっとしている……。

『……サイテー』

『ごめんなさい……』

二人は小さな声で、目を合わさずに言葉を交わした。あの時、子供たちが止めてくれなかったら……きっと俺の頬には大きな紅葉がついていただろう……そんな想像をして、大介は自分の頬を思い切り撫でた。

「お待たせしました」

するとそこへ、シスターが入ってきた。大介が慌てて立ち上がると、シスターはにこりと微笑んだ。

「あまり緊張なさらずに。柊子のお友達なのですから」

「……シュウコ……」

大介はそのままハートの方に視線を移した。

ハートは、真っ赤な顔で俯《うつむ》いている。

「ゆっくりなさってください。でも、子供たちが多くて、そうはいかないかもしれませんが」

「あ、ありがとうございます」

シスターは再びにこりと笑って、子供たちを連れて部屋をあとにした。それからしばし、二人の間に長い沈黙が流れた。

「……なぁ」

先に沈黙を破ったのは、大介だった。

「な、何よ」

ハートは、どきどきしながら応えた。

「ハートって……何？」

彼女は一つ大きな息を吐いて、ゆっくりと答えた。

「私ね、自分の音楽をたくさんのハートに届けたいの。一つでも多くのハートを響かせたいんだ。だから、その気持ちを忘れないっていう意味と私の願いを込めて」

「だからかー……」

「え？」

二人は、教会の庭に出ていた。

「初めてキミの歌を聴いた時、心をわし掴みにされたから」

真面目に話す大介に、思わずハートは吹き出してしまった。

「な、なんで笑うんだよ！」

「ご、ごめん……あっはっはっ！」

大介はむくれてしまった。

「ごめんね、大介。嬉しいよ」

ハートは大介の肩をぽんぽんと叩きながら言った。

「ほ、本当……？」

「本当よ。だから、機嫌直してよ。自己紹介もできないじゃない」

そう言われて、大介は顔を上げた。

「はじめまして。木之下柊子です。よろしくね」

「徳森大介です、こちらこそよろしく」

二人は深々とお辞儀をし、顔をあげると同時に吹き出してしまった。

「なぁ柊子」

「何？」

「柊子って珍しい名前だよな」

その瞬間、柊子の表情が一変した。大介はどうしようと焦ったが、柊子はすぐに穏やかな表情になり、教会の前の森を指差して、こう答えた。

「木之下柊子は、あそこで産まれたのよ。あの森の、柊の下でね」

冬の太陽に照らされて、柊子はきらきらと輝いていた。そして、穏やかな表情の中で、彼女の目は哀しみの色をしていた。大介はこの時、とても辛かったことだけを覚えている。

この教会では、家族に捨てられた子供たちが共同生活をしていた。みな、暗い記憶を持っているのに笑顔を絶やさず、とても明るかった。

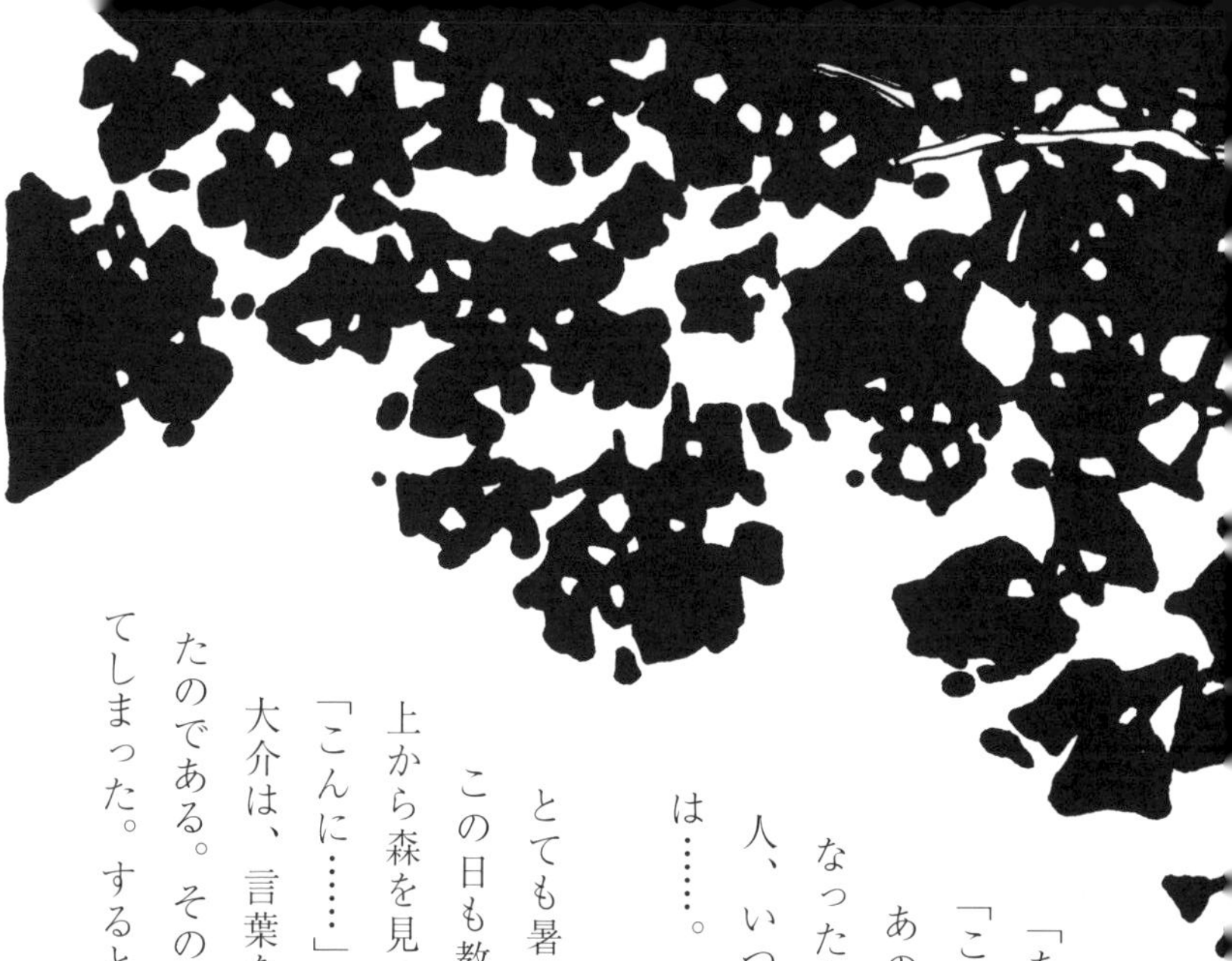

「あっ、大介くん」
「こんにちは。みんな、元気だった？」
あの日から、暇を見つけては教会へ来るようになった大介は、子供たちと仲良くなっていた。ただ一人、いつも庭の樹に登って森を見つめる少年を除いては……。

とても暑い、ある夏の日。

この日も教会にやってきた大介は、いつものように樹の上から森を見つめる少年を見つけた。

「こんに……」

大介は、言葉を飲み込んだ。少年は、森を見ながら泣いていたのである。その光景を異様に感じた大介は、目が離せなくなってしまった。すると、少年は大介に気がついて急いで涙を拭うと、樹の上から大介を睨みつけた。

「何、見てんだよ」

「あ、ごめん……」

大介は慌てて視線を外し、門を開けた。中へ入ると、少年は樹から下りていて、大介に背を向けて根元に立っていた。

「こんにちは」

大介が近寄ろうとすると、少年は大介を遠ざけて教会の中へ入ろうとした。

「ねぇ待って！」

大介は、思わず少年を呼び止めてしまった。今までまともに口を利いたことがないのに、自分を無視し続ける少年を何故か呼び止めてしまったのである。

呼び止めたのはいいが……大介は戸惑ってしまった。

「あ、あのさ……」

思わず口籠もってしまう。

すると少年は、大きな溜息を一ついて振り返った。

「お前、柊子姉ちゃんの恋人か?!」

少年は一気にまくしたてると、敵意をむき出しにして強い口調で投げかけた。

「ハッ?!」

「どうなんだよ？　答えろ！」

少年は姿勢を崩さずに、再び強い口調で問いかけた。

「ちがっ……そんなんじゃないよ」

大介は赤くなって俯いてしまった。すると少年は、再び大きな溜息をついて、ずかずかと大介に近づいてきた。そして、大介の前で止まると、

「ついてきてよ」

そう一言言い、大介の荷物の端を引っ張って教会をあとにした。


「……ここは？」

教会の前の森にやってきた二人。

少年は何も言わずに、どんどんと森の奥へと入っていく。大介は遅れまいと、

必死にあとをついていった。

じりじりと焦《こ》げそうな太陽の光を葉が遮り、ひんやりと心地良い。うっそうとした樹々の隙間を抜け、広い野原に出た。

「へぇー、こんなところがあったんだ……」

物珍しそうに辺りを見回す大介を横目に、少年はこの場所の中心に一本だけ立っている樹に近

寄っていった。そして、少年はそっと幹に触れ、静かに目を閉じた。その光景を、大介はただ不思議そうに見つめている。

ふいに、二人の間にふわりと風が吹いた。樹々がざわめき、動物たちの音が聞こえる。

ふと、少年が口を開いた。

「この柊の樹の下に、俺も柊子姉ちゃんも捨てられてた。姉ちゃんも俺も、親にいじめられたんだ。柊子って名前は、本当の名前じゃない。俺には岳人って名前があるけど、姉ちゃんは名前もなかったんだ。

……俺と姉ちゃんは、ここでシスターに出逢ったんだ。俺、姉ちゃんのことを本当の姉ちゃんだと思ってる。だから、だから姉ちゃんを泣かせたら、俺が許さない。お前、柊

子姉ちゃんのこと、どう思ってる？」

「どうって……」

するど少年は振り向いて、再び言葉を続けた。

「姉ちゃん、お前と知り合って変わったんだ。だから……姉ちゃんを大事に……してください」

岳人は、大介に頭を下げた。

大介はふっと微笑むと、かがんで少年の両肩に手を置いた。そして少年と視線を合わせると、

「約束、するよ」

一言、答えた。


その夜。

「はぁー……」

部屋に戻ると、大介は電気もつけずにベッドに頭から倒れこんだ。それから仰

向けになり、天井を見上げた。

『柊子姉ちゃんのこと、どう思ってるんだよ』

岳人の言葉が、頭から離れない。

考えてもみなかった。

自分は柊子の、いやハートの歌が好き。

ハートの声が好き。

そして柊子の……。

大介は頭の後ろで両手を組んだ。そしてベッドから足を放り出して、窓の外に視線を移した。

窓越しに見上げた空は、雲一つなく晴れ渡り、まんまるの月が得意げに顔を見せていた。

「……」

大介はむくっと立ち上がって、部屋をあとにした。

午前零時を過ぎた頃、大介は柊子《ハート》が唄ういつもの場所に来ていた。真夜中だというのに、昼間と同じくらいの人の中で、彼女は唄っていた。

彼女の声は、大介の心を掴んで離さない。いや、やんわりと優しく包み込んでくれるというのだろうか。

いつしか、月の光とネオンの灯りが彼女を照らし、その光の中で彼女はバラードを唄い始めた。

詞の一つ一つに丁寧に心を込めて唄い、聴く人の全ての心に届けようと全身全霊で唄う彼女は、たくさんの光を受けて眩《まばゆ》いばかりに光り輝いていた。

大介は、何故か涙が溢れてならなかった。

「あっ」

唄い終わると、大介は右手で涙を拭って彼女の元へと歩いていった。

「あ。おっす」

「うっす。今夜は、もう終わり？」

「うん」

「じゃぁ……ちょっといいかな」

午前一時過ぎ。少しずつ人が減ってきた。けれどネオンの灯りが消えることはなく、二人は人通りの少なくなった広場のベンチに黙って腰をおろしていた。

「……」

大介がいつもと違うことに、柊子は気がついていた。

大介が口を開くまでは、と我慢していた柊子だったが、どうにも居心地の悪い空気に我慢ができなくなり、先に沈黙を破ってしまった。

「あのさ、大介。どうかした？」

「う、うん……」

言おう、言うんだ！　伝えなきゃ！……しかし、なかなかその決心がつかない……。

「大介？」

柊子が顔を覗《のぞ》き込もうとしたその時、

「柊子!!」

大介は顔を上げた。

「俺、柊子が好きなんだ。最初はハートに惚《ほ》れた。ハートの歌は、俺の身体にすっと入ってきてさ。パワーをくれるんだよね。そして、柊子はすっごく温かい笑顔をしてて。柊子が傍にいるだけで、俺、すごく嬉しくて……倖せで……。俺、柊子もハートもひっくるめて好きなんだ。だからっ」

「ごめん」

柊子は大介と目を合わせずに、言葉を遮《さえぎ》った。

「ごめん、大介。気持ちは嬉しいけど……」

すると大介は、柊子の右手を握り言葉を続けた。

「岳人から柊子の過去のこと聞いてる。だから……」

「だから駄目なんだよ！」

柊子の目は涙でいっぱいだった。そんな柊子を見て、思わ

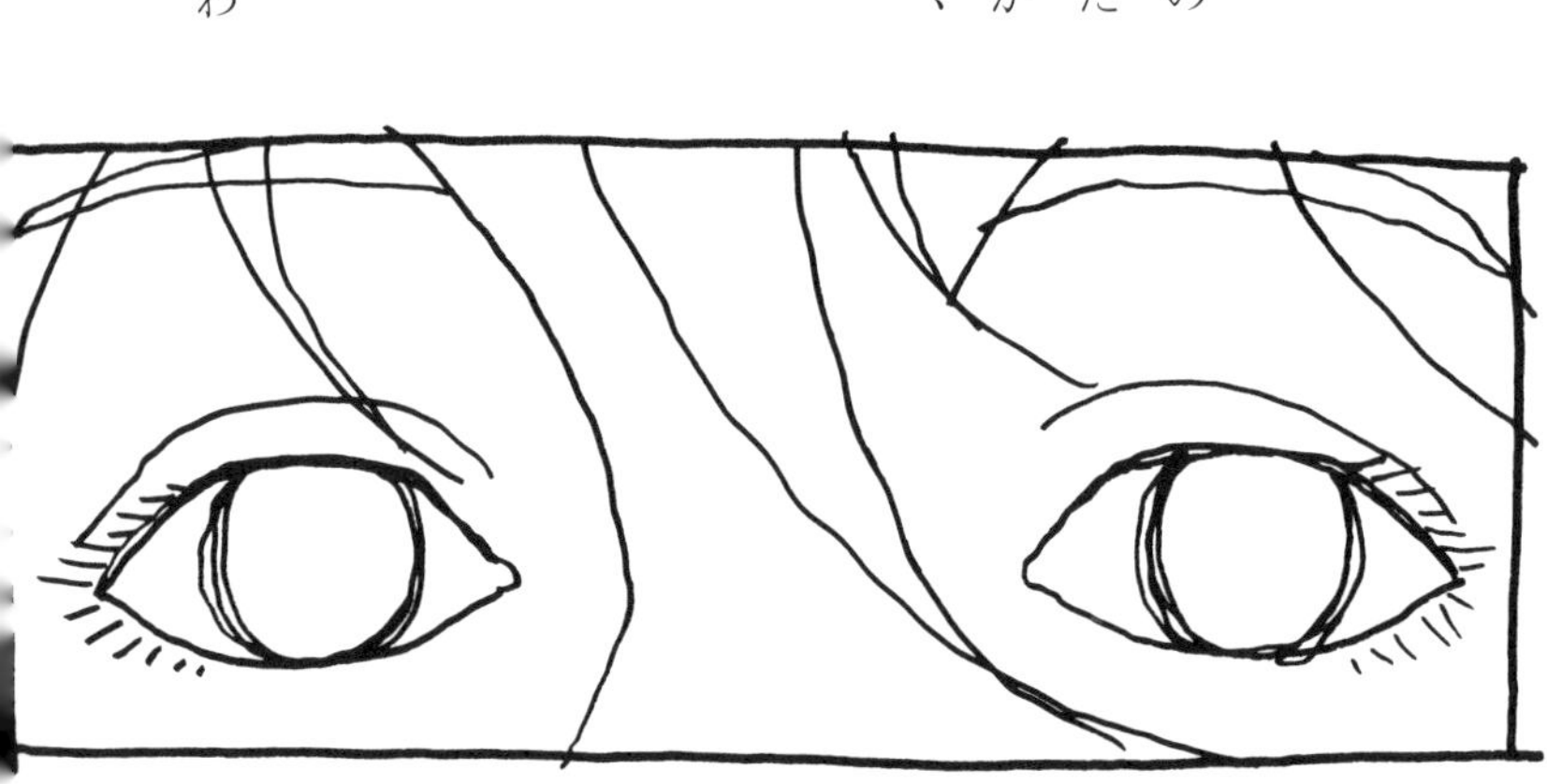

ず大介は柊子の右手を握ったまま、自分の右手で柊子を抱き寄せた。そして、

「！」

柊子の唇に、大介は自分の唇を重ねた。

「ごめん……」

泣き止まない柊子に、大介はただ謝るしかなかった。柊子は静かに立ち上がると、何も言わずにその場を立ち去ってしまった。


この夏の夜から、柊子はいなくなってしまった。


「大介くん。だいじょうぶかな……」

夏の終わり、柊子がいなくなって二週間が過ぎようとしていた。

大介は、柊子に逢えないことはわかっているけれど、いつものように教会に来ていた。けれど、いつもの明るさはなく、子供たちを遠ざけて一人庭の樹に登って、物思いにふける毎日だった。

「大介兄ちゃん」

そんな大介を見かねて、岳人が声をかけた。

「口、開いてるよ」

「うるさい」

大介は岳人に反応するも、視線を合わせようとはしなかった。岳人は何も言わずに、幹に寄りかかって森を見つめた。夏の元気な陽射しは和らぎ、時折涼しげな風が吹く。

夏が、終わる。柊子がいなくなった時、岳人はあえて何も言わず、何も聞かなかった。何も話そうとしない大介に、柊子を話題にすることがどういうことなのか。岳人にはよくわかっていた。

「……兄ちゃん」

ふいに、岳人がぽつりと呟いた。

「んー?」

樹の上から、間の抜けた返事が返ってきた。

「アイス、食べる?」

「……チョコミントね」

風が吹いた。少しだけ、冷たく感じる。

夏が、終わるんだ……。

*

そして、一年前の十二月二十四日。

「さ、さみしすぎる……」

今日はクリスマスイヴ。客のほとんどは、恋人同士。

「あっ。しゃんたしゃん」

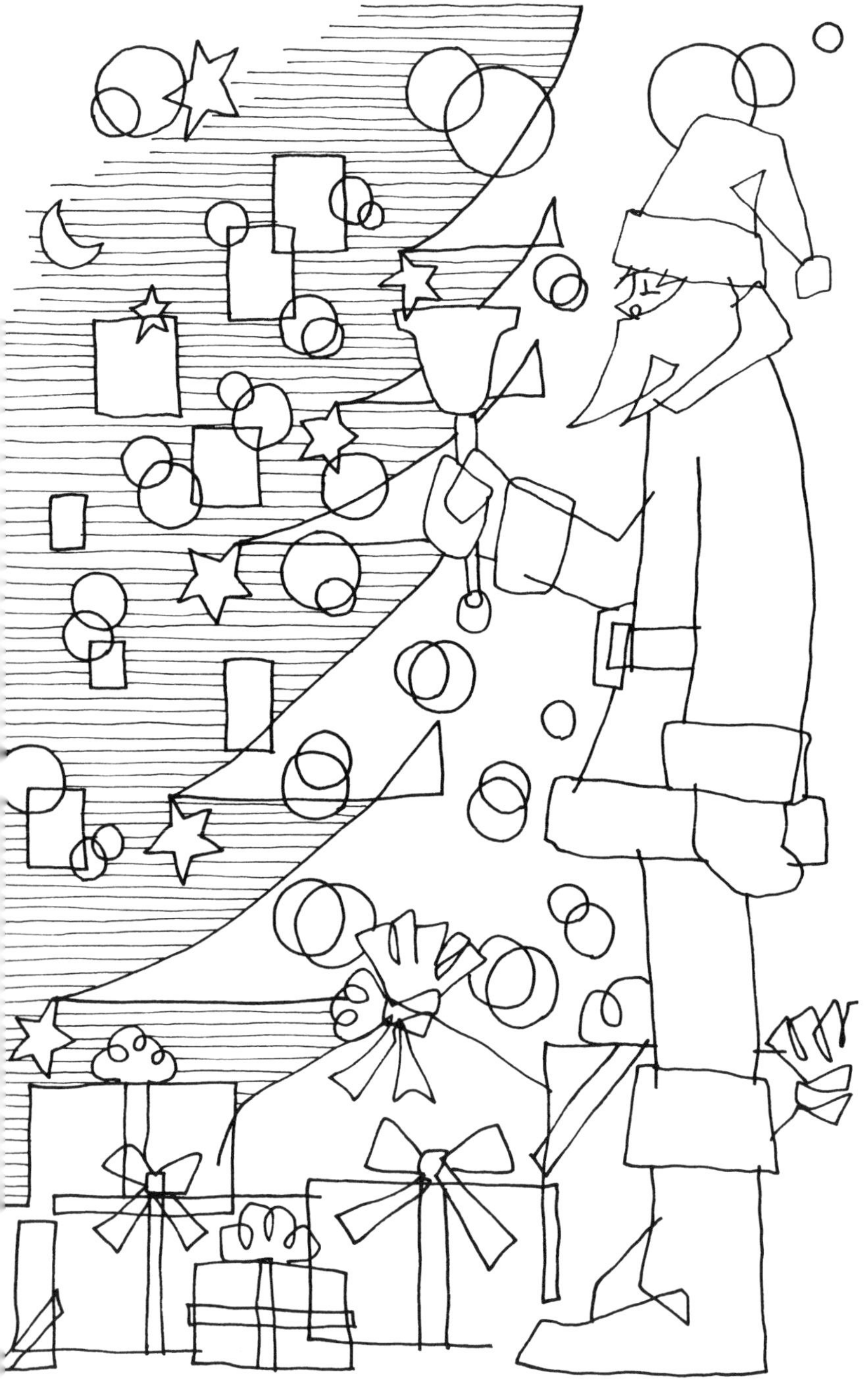

サンタクロースの姿でバイトに励む大介は、倖せそうな恋人同士の客を見るたびに溜息の数を増やしていった。

『イチャイチャすんなっつーの』

誰にも聞こえないほどの小さな声でぶつぶつ言っていると、店長が事務所から顔を出して声をかけてきた。

「大介！」

「はい」

突然呼ばれて、何事かと事務所に戻ると、店長は満面の笑みでシフト表を片手に立っていた。

「……延長っすか……」

すぐに店長の言わんとすることを察し、溜息混じりに問いかけると、店長はきらりと目を輝かせた。

「頼む大介」

「はーい……」

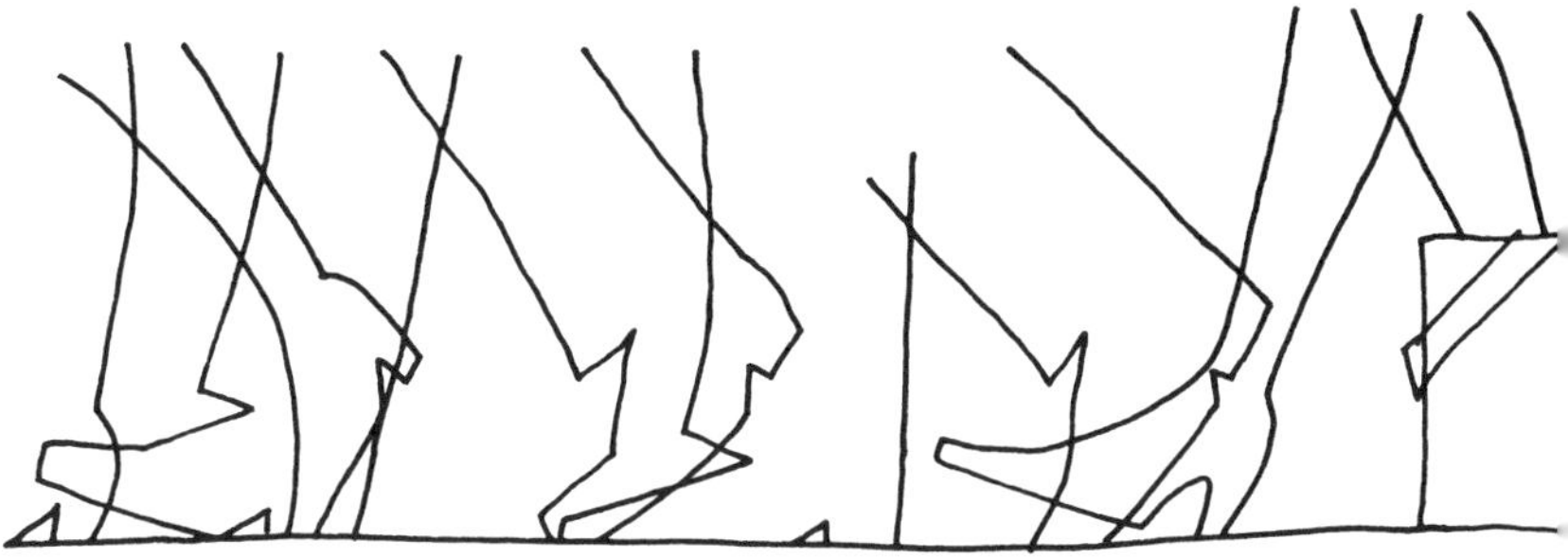

気の抜けた返事をすると、店長は「よろしく」と大介の肩をぽんと叩いて売り場へ出て行ってしまった。

「……やりますかー……」

そうしてサンタの帽子を被り直し、大介も売り場へと戻っていった。


大介は、この時のことを未だに後悔していた。


「お疲れ様でした」

午前一時を過ぎた頃、大介は店を出た。

「寒いよ……帰ろう」

バッグを斜めにかけて、手袋を左手だけにする。吐く息は白く、見上げた空は何も見えなかった。

「雪降るかなー」

一人ぼやいて携帯をチェックすると、

「あっ！」

午前零時五十二分、柊子から電話がかかってきていた。大介は慌ててかけ直してみた。しかし……。

『はい』

電話に出たのは柊子ではなく、見知らぬ男性の声だった。

「あの……」

電話の向こうで、大介が困っていることに気がついた男性は、丁寧に応対してくれた。

『キミは、この携帯の持ち主の知り合いですか？』

「はい……」

この時から、大介の中で嫌などきどきどきが始まっていた。

「あのー……」

『警察の者です』

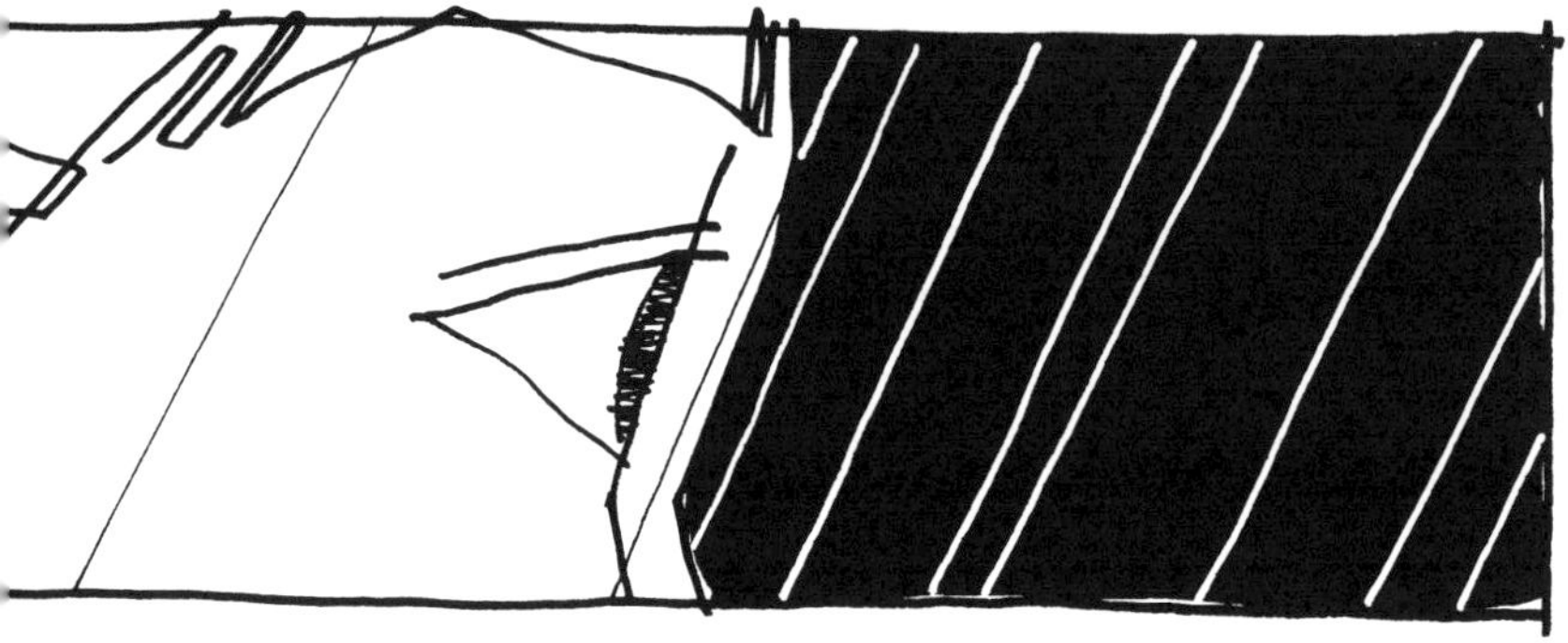

「え?!」

いつの間にか、雨が降っていた。

「あっ、すいません」

冷たく降る雨の中を、大介はずぶ濡れになりながら走っていた。

『お友達は事故に遭って病院に運ばれました』

嘘だと思った。頭が真っ白になった。

やっと、やっと逢えると思ったのに……。

また、歌が聴けると思ったのに……。

嫌などきどきが当たってしまった。

「柊子っ」

雨は、強さを増していた。

「柊子！」

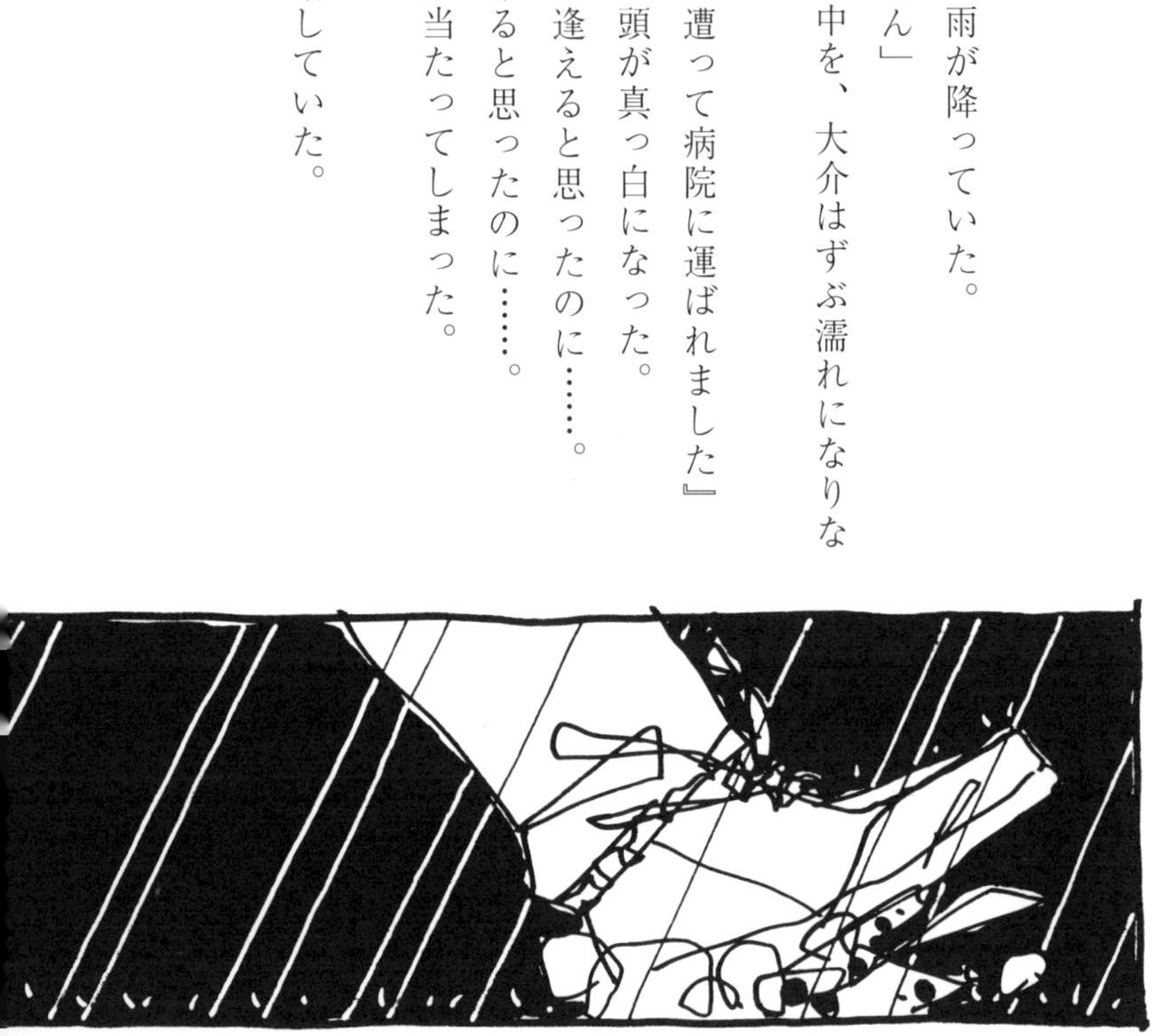

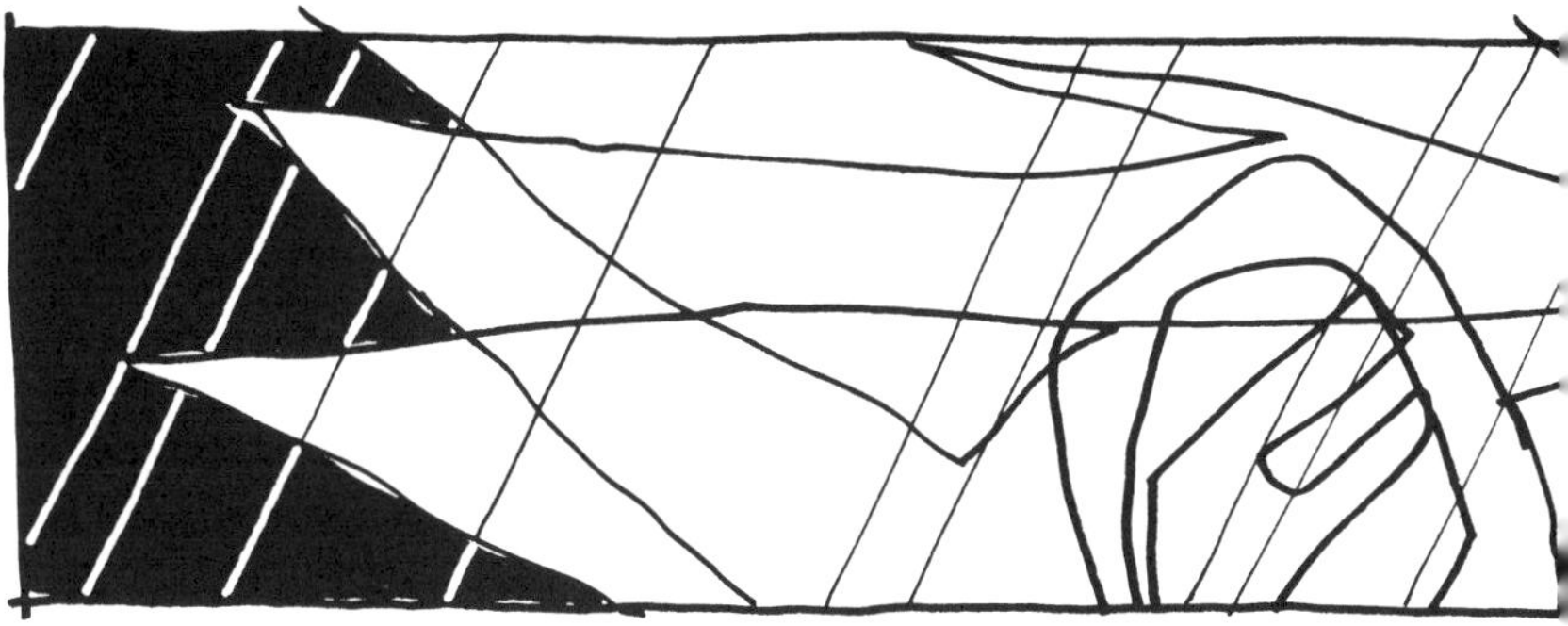

ふらふらになりながらも、大介は病院に辿り着いた。そして、出入り口にいた刑事に連れられて柊子の元へとやってきた。

「柊子……」

処置室のベッドの上で、柊子は顔に白い布を被って眠っていた。大介はよろよろと中へ入り、静かに布を取った。

「おっす……柊子。久しぶりだな……」

久しぶりに見る柊子は、髪を短くし少し痩せていた。

「お前、痩せたね」

涙で柊子が滲《にじ》む。大介は、顔をごしごしと拭《ぬぐ》った。

「綺麗になったね、惚れ直すよ……」

涙が止まらない。大介は傷だらけの柊子の右手を取った。

「冷えてんなぁ、お前の手。こんなんじゃギター弾けないぞ」

温まることはない、そんなことはわかっていた。けれど大介は、柊子の手を摩《さす》り続けた。大介は涙を拭って、柊子の右手を両手で強く握り締めた。

「やっとだぜ……やっと逢えると思ったのに……。起きろよ、柊子！　俺、来たぞ！　また歌聴かせてよ！　なぁ！　柊子ってばー！」

大介は、その場に泣き崩れた。大介は何度も何度も柊子を呼び続けた。けれど、柊子は答えてはくれなかった。

刑事に抱きかかえられて処置室を出た大介は、事故の様子を聞かされた。

「子供を庇《かば》って……？」

「はい。五歳の女の子です」

「そうですか……」

きっと柊子は、その女の子を教会の子供たちと重ねたのだろう、と大介は思った。

「いや、違うかな……」

大介はぽつりと呟いて、顔を上げた。

「あっ……」

外は、いつの間にか夜が明けていた。そして、

「雪だ……」

白く覆われた世界は、太陽の光を受けて眩《まぶ》しかった。

「柊子……綺麗だね……」

窓越しに見える世界が、滲んで見えた。

＊

大介は、あの夏の夜の柊子のことが忘れられないという。たくさんの光を浴びて唄う柊子は、眩《まばゆ》いばかりに光り輝いていた。

「大介兄ちゃん！」

岳人の声に、大介は我に返った。

「どうした岳人」

「見て、雪だよ」

「ばーか、今日は暖かかっただろう。雪が降るわけ……」

「ない」と言いかけて、大介は言葉を飲み込んだ。

群青色の世界に、ぽとりぽとりと白い粒がゆっくりと落ちてくる。そんな中を、岳人は大喜びしている。

「兄ちゃん、ホワイトクリスマスだね」

「あぁ、そうだな」

大はしゃぎする岳人を見ながら、大介はあの日に見た病院の景色を思い出した。

「柊子……」

「はっくしょん!!」

岳人の派手なくしゃみで、大介は再び我に返った。

「岳人、行くぞー」

「うん」

そう言って立ち上がると、大介は岳人を自分のジャケットでくるんでやり、そのまま教会へと向かった。

翌日、大介は一人で柊のところに来ていた。

辺り一面の、白く覆われた景色をゆっくりと見つめて、大介は静かにその場を立ち去った。


〝また、来るよ〟

〝うん、またね〟


（完）

Special Thanks

この本を手にとってくれた人、この本を見てくれた人、この本を買ってくれた人、この本を読んでくれた人……本当に、ありがとうございます。

この本を見てくれた人が、ほんの少しでもいいから、何かを感じてくれたら、私はとても嬉しいです。

そして、この本を出版するにあたり、お世話になった皆様。お父さん、お母さん、お兄ちゃん……みんな、みんなありがとう。

最後に、私の大好きなめぐ。

あなたは今、とても倖せですか？

あなたは今、とっても笑顔ですか？

あの時、ちゃんと伝えられなくてごめんなさい。

「ありがとう、ごめんね」

著者プロフィール

上野 智香子（うえの ちかこ）

1981（昭和56）年　栃木県河内町出身
2002年　県内の短大を卒業後、地元でフリーターを始める
2003年　21歳の時、あるアーティストのファンになったことをきっかけに執筆を開始

Heart ハート

2004年7月15日　初版第1刷発行

著　者　上野 智香子
発行者　瓜谷 綱延
発行所　株式会社文芸社
〒160-0022 東京都新宿区新宿1－10－1
電話 03-5369-3060（編集）
03-5369-2299（販売）

印刷所　図書印刷株式会社

ISBN4-8355-7628-4 C0093